故宮御貓夜遊記 ⑫

和嘲風一起冒險

常怡／著　　小天下 南畔文化／繪

中華教育

責任編輯：謝燿壕
裝幀設計：鄧佩儀
排版：鄧佩儀
印務：劉漢舉

故宮御貓夜遊記 ⑫
和嘲風一起冒險

常怡 / 著　小天下 南畔文化 / 繪

出版 | 中華教育

香港北角英皇道 499 號北角工業大廈 1 樓 B 室

電話：(852) 2137 2338　傳真：(852) 2713 8202

電子郵件：info@chunghwabook.com.hk

網址：http://www.chunghwabook.com.hk

發行 | 香港聯合書刊物流有限公司

香港新界荃灣德士古道 220-248 號 荃灣工業中心 16 樓

電話：(852) 2150 2100　傳真：(852) 2407 3062

電子郵件：info@suplogistics.com.hk

印刷 | 高科技印刷集團有限公司

香港葵涌和宜合道 109 號長榮工業大廈 6 樓

版次 | 2022 年 5 月第 1 版第 1 次印刷

©2022 中華教育

規格 | 16 開（185mm x 230mm）

ISBN | 978-988-8807-03-1

大家好！我是御貓胖桔子，故宮的主人。

我對貓族所擁有的本領都很滿意，比如，爬樹、用鬍鬚測量寬度、夜間也可以看清東西、走路可以靜音……只有一樣讓我不太滿意，那就是——貓為甚麼不會飛呢？

「要是能飛就好了！」我不止一次這樣想。

我知道作為一隻貓，這樣的想法有點兒太過分了。我已經擁有了那麼多的超能力，不應該要求更多。但是，我就是忍不住這樣想。

當看到肥嘟嘟的麻雀在樹枝上蹦來蹦去的時候，當員工食堂的廚師把香腸掛在高高的晾衣杆上的時候，當烏鴉搶走我嘴邊的肉後呼地飛走的時候，我都會想：要是我背上也長着一雙翅膀該多好啊！

我正對着月亮歎氣，忽然颳來一陣風。

也就是這時候，我的頭上傳來一個奇怪的聲音：「喂，野貓。」

我吃了一驚，循着聲音望去，只見養性殿的屋頂上蹲着一隻怪獸。

那怪獸長着龍的身體和鳳凰的翅膀，頭卻有點兒像保安隊的警犬。他腦袋上有一對又尖又細的犄角，這對犄角很奇怪，別人的犄角尖都是朝後，而他的卻是朝着前方。這讓他看起來與眾不同，甚至有點兒叛逆。

「喵，你是⋯⋯」

我皺着眉頭想了半天，也沒想起來他是誰。

「我是嘲風。」怪獸拍動翅膀，飛到我面前。

「啊！你就是嘲風！喵。」我激動得大叫。

　　嘲風是象徵美觀、吉祥和威嚴的怪獸。故宮那些嘰嘰喳喳的鳥類，幾乎每天都會提起他，我的耳朵早已裝滿與他有關的讚美。

　　著名的嘲風就長這個樣子呀！我小心翼翼地上下打量着他：也沒有多帥呀，難道是我們和鳥類的審美不太一樣？

「對，我就是嘲風。」他淡淡地說，好像早就習慣了別人見到他會大呼小叫。

「喵，你好，嘲風，我是胖桔子，我聽說過關於你的……」

我的話還沒說完，就被嘲風打斷了：「你剛才說想飛，是真的嗎？」

「是，是的，喵。」我的眼睛都瞪圓了，難道……嘲風能幫我變出一雙翅膀來？

嘲風忽然笑了。「既然你那麼想飛，我帶你飛一圈怎麼樣？」

我有些失望。哼！我又不是沒飛過。不久前，我還趴在天馬背上飛上太和殿的屋頂呢！嘲風把我當作一隻沒見過世面的普通野貓了吧？

「喵，如果只是飛一圈，那就算了。」我撇撇嘴說，「但要是給我一雙會飛的翅膀，那就太感謝了！」

「哼！貪心的小胖貓。」嘲風瞇起眼睛說，「想獲得翅膀，也要看自己有沒有飛翔的天賦。如果我帶你飛行的時候，你不害怕得喊『停』，我就送你一雙翅膀。」

「真的嗎？喵。」
「我可不是喜歡開玩笑的
怪獸。」嘲風說。

「好吧！喵。」我點點頭。
　　飛翔，那可是很享受的事情啊，
我怎麼會害怕呢？

14

我爬到嘲風的背上，心中鼓滿了勇氣。啊！我就要有一雙翅膀了！我就要會飛了！可愛的小麻雀、好吃的香腸、可惡的烏鴉……你們等着吧，我就要衝上天空，來找你們了！

我正得意着呢，就聽見嘲風問：「準備好了嗎？」

「準備好了，早就準備好了。喵。」我急忙說。

「起飛啦！」

說着，嘲風呼的一下衝上了
天空。風從我的耳邊颼颼地吹過，
真厲害呀！要是能再飛快一點兒
就好了！

好像知道了我的想法一樣，嘲風漸漸加快了速度，
朝着高處飛去，一口氣飛到了雲層下面。

從這裏看下去，天地是多麼遼闊呀！北海的
湖水閃着光，景山上的松樹被風吹起了波浪，
北京城的路燈就像是寶石在閃閃發亮。

19

「喵嗚，太棒了！」我感歎道，「要是能再飛快一點兒就更好了。」

嘲風冷笑了一聲說：「那還不容易？」

他的頭往上一仰，鑽進了雲層。

哎呀，怎麼能這麼快呢？我已經看不清任何東西了。我和嘲風好像融為了一體，像風一樣發出嘛嘛的聲音。

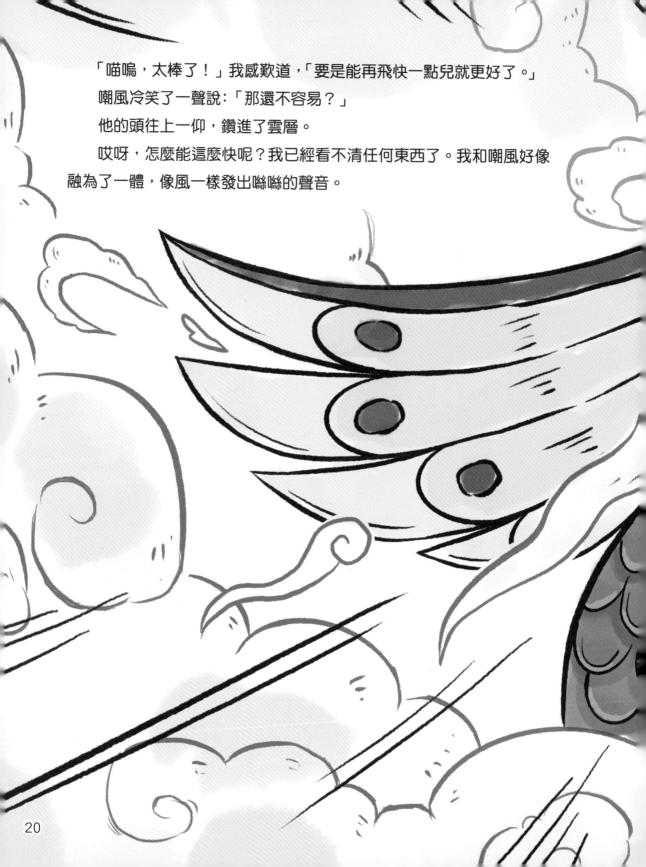

這時候，嘲風一頭向下栽去。

「啊！」我嚇得大叫。嘲風卻像沒聽見一樣，直直地向馬路俯衝過去。路上的行人、飛馳的汽車、明亮的大廈……都被我們飛快地甩在了身後。

沒有人發現我們的存在，因為速度實在太快了，快到行人只能感覺到一陣風。對於汽車裏和大廈裏的人來說，哪怕他們正望向窗外，能看見的應該也只是一條線一閃而過。

嘲風向前飛着，像風一樣，從東邊颳向西邊。每當我覺得要撞上一幢大廈或者一座雕塑時，他都會蹭着牠們飛過。

太可怕了！我開始不停地打哆嗦，心臟都要跳出來了。

救、救命啊……我在心裏吶喊。

「哈哈。」下面的嘲風卻笑了。

不行，不能就這麼認輸。

我閉上眼睛，看不見就應該不害怕了吧？

25

雖然這麼想，但是風實在太大了，我覺得自己隨時會被吹下來。

我只好睜開眼睛，想抓牢一點兒。但剛睜開就看到自己直沖沖地撞向一座大山，嘲風卻沒有一點兒要躲開的意思！我嚇得連喘氣都忘了。

「喵嗚！停下來吧！求你停下來吧！」我拚命地大叫着。

　　緊接着，我一頭撞到了樹梢上，從嘲風背上滾了下來，眼前全是旋轉的星星。

等我醒過來的時候，嘲風正得意地站在我身邊。月光傾瀉在他身上，給他五色的羽毛染上了一層銀色。

「好玩吧？」他看起來心情不錯。

「喵，一點兒都不好玩，嚇死我了。」我虛弱地說。

「這才叫冒險！」

「冒險？這簡直是玩命！喵。」我嘟囔着，「一點兒都不適合我們貓族。」

「看來，你不適合飛行，翅膀的事情就算了吧。」嘲風說。

「算了吧。」我痛快地說，「還是四隻爪子踩在地面上的感覺踏實。」

等我恢復了精神，嘲風就背着我飛回了故宮。
只不過，這次他飛得又穩又慢。

33

胖猫子的
故宫小百科

我 想 瞭 望 全 世 界

 嘲 風

　　我是龍之子，名為嘲風。我愛飛、愛高、愛冒險，不愛與人親近，但如果你要和我親近，我也是勉為其難可以跟你嬉戲片刻的。我住在屋脊最高處、脊獸最後方，雙目渾圓，巨大的翅膀往上伸展，時時刻刻都準備起飛。

　　我才不喜歡你們的關注，只不過如果你要關注我，我也是勉為其難可以給你欣賞的。

泰陵一日遣中涓問李西涯：「龍生九子，其名狀云何？」涯以詢編修羅圯，圯疏以對：「一曰囚牛，好音，以飾胡琴；二曰睚眥，好殺，以飾刀首；三曰嘲風，好險，以置殿角⋯⋯」

——吳肅公《明語林・卷八・博識》

明孝宗有一天派身邊的侍從問李西涯：「龍生了九個兒子，要用言語來形容他們的話應該怎樣？」李西涯問編修官羅圯，羅圯在書信上回答：「第一個叫囚牛，喜歡音樂，可以用他的外觀作為胡琴的裝飾；第二個叫睚眥，喜歡殺伐，可以用作刀柄的裝飾；第三個叫嘲風，喜歡在高處冒險，可以放在殿頂的角落⋯⋯」

給宮殿戴大帽
寶 頂

寶頂像漂亮的大帽，是攢尖頂建築獨有的構件。

紫禁城中，最美的寶頂可能是乾隆花園內的碧螺亭寶頂。能工巧匠為海藍色的碧螺亭設計了充滿白梅圖案的翠藍色寶頂。大片冰裂紋襯托小巧白梅，彷彿梅花在冰雪中綻放。

（見第1頁）

（見第7頁）

額 枋 建築構件的顏值擔當

枋，古書中是大樹的名字。在故宮見到的大式帶斗栱建築上，外檐柱之間的橫向構件即是額枋，是工匠發揮藝術創想的舞台。

工匠會在額枋上繪製各類彩畫，以綠、青、金與紅為主色。彩繪美觀，更是防止木質構件腐蝕的保護膜。

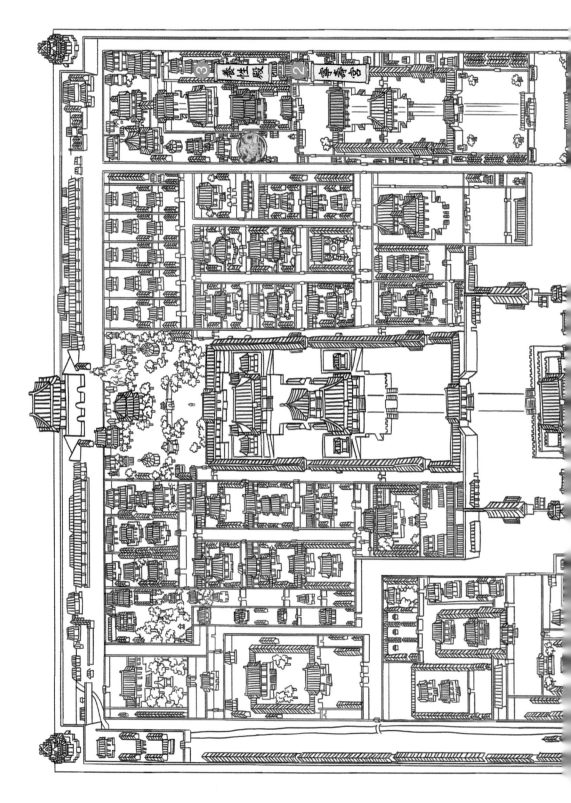

養性殿 ③

乾隆花園 ②

紫禁城的寧壽宮花園圖

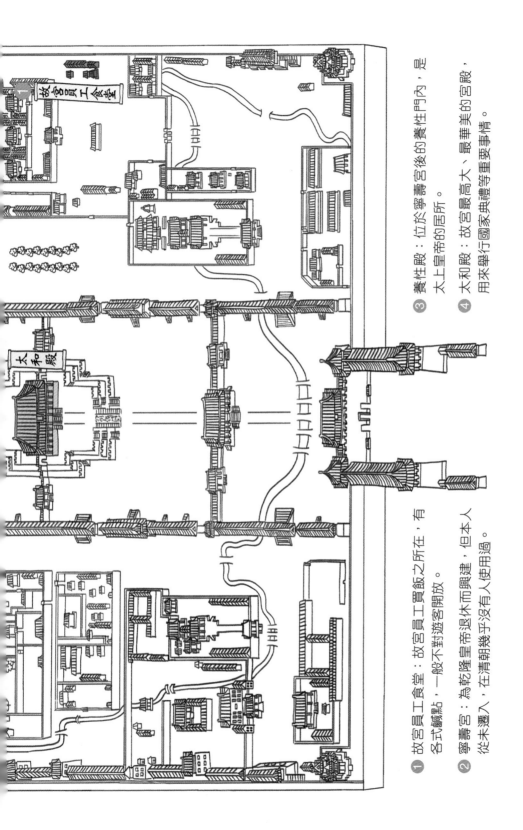

① 故宮員工食堂：故宮員工買飯之所在，有
名式鹹點，一般不對遊客開放。

② 寧壽宮：為乾隆皇帝退休而興建，但本人
從未遷入，在清朝幾乎沒有人使用過。

③ 養性殿：位於寧壽宮後的養性門內，是
太上皇帝的居所。

④ 大和殿：故宮最高大、最華美的宮殿，
用來舉行國家典禮等重要事情。

常 怡

故宮屋頂上的怪獸特別多，除了屋簷上的脊獸和屋梁上的吻獸，屋頂的殿角上，還有一隻名字特別帥的怪獸 —— 嘲風。

嘲風長着狗頭、鹿角、龍身、鳳凰的翅膀和尾巴。按理說，這樣的形象應該很奇怪，可是在漢族的民俗中，嘲風卻是美觀、吉祥和威嚴的象徵。有的書籍中記載，嘲風是龍的兒子；但也有傳說認為，牠是盤古的心幻化成的怪獸。盤古是中國民間神話裏最古老的神，他死後，他口中呼出的氣變成了風和雲，發出的聲音變成了轟隆的雷霆，左眼變成了太陽，右眼變成了月亮，隆起的肌肉變成了田地，流淌的血液變成了奔騰的江河，而心臟就變成了怪獸嘲風。

和嘲風是龍子的說法相比，我更喜歡後面的這個傳說。

北京小天下時代文化有限責任公司

嘲風是一隻超級帥氣的神獸，傳說牠長得像龍，但是比龍多了一雙翅膀。在創作的時候，我們儘量把牠的形象向傳統的神龍靠攏，再搭配劇情賦予牠一些威嚴中帶着幽默的感覺。為了尋找這種感覺我們也嘗試了很多種表情，不知道看完故事的你覺得效果如何呢？

在我們成長的過程中，總會羨慕一些別人擁有而自己沒有的技能或者事物，我們經常幻想着，如果我能這樣該多好啊。但是如果真的實現了願望，現實會如想像中那麼美好嗎？也不盡然，這時候就需要有人來點醒我們。嘲風對於胖桔子來說就是這樣的存在，牠彷彿一個風趣幽默的長輩，在玩鬧間就讓胖桔子理解到會飛並不適合自己這個道理。

在你的生活中，是不是也有這樣的長輩？他們不是用說教，而是用更歡樂、有趣的方式來帶你領悟人生？

嘲風這一次帶御貓胖桔子飛出了故宮，見識了更加廣闊的北京。除了北海、景山和長城等景觀外，我們還在畫面中安排了中央電視台總部大樓、北京第一高樓「中國尊」和盤古大廈等地標性建築，你能找它們嗎？希望你有機會也能到美麗的首都北京來，開啟一場城市探索之旅！

吻獸

角端

霸下

天鹿

椒圖